AF300272

LES VOYAGES DE ROSINE,

OPÉRA-COMIQUE

EN DEUX ACTES EN VAUDEVILLES,

Tiré d'un Conte de PIRON.

Par MM. DE PIIS & BARRÉ.

Représenté pour la premiere fois, par les Comédiens Italiens Ordinaires du Roi, le Mardi 20 Mai 1783.

A PARIS,

Chez

BRUNET, Libraire, rue de Marivaux, au Théâtre Italien.

VENTE, Libraire des Menus Plaisirs du Roi, rue des Anglois, près celle des Noyers.

M. DCC. LXXXIII.

Avec Approbation & Permission.

YJ H542

ACTE PREMIER.

PERSONNAGES,	ACTEURS,
ROSINE,	Mlle *Adeline Colombe.*
FATMÉ, Femme du Serrail d'Osmin,	Mlle *Masson.*
OSMIN, Janissaire,	M. *Rosiere.*
ALI, Eunuque,	M. *Trial.*

PLUSIEURS FEMMES DU SERRAIL.

ACTE SECOND.

PERSONNAGES,	ACTEURS,
ROSINE,	
DOLBAN, Amant de Rosine,	M. *Philippe.*
LUCILE, déguisée en homme,	Mlle *Carline.*
VALERE, Amant de Lucile,	M. *Menier.*

VIEUX ET JEUNES INSULAIRES.

LES VOYAGES DE ROSINE,

OPÉRA-COMIQUE.

xxxxxxxxxxxxxxxxxxxxxxxxxxxxxxx

ACTE PREMIER.

*La Scène se passe en Turquie. Le Théâtre
représente l'intérieur de la maison d'Osmin.*

SCENE PREMIERE.

ROSINE, FATMÉ.

*(Au lever de la toile, Rosine est assise à sa toilette,
avec un air triste ; Fatmé est debout auprès d'elle.)*

FATMÉ.

Air : *Toujours, il est toujours le même.*

EH ! quoi, toujours vous répandez des larmes !
  Belle Rosine, épargnez vos soupirs ;
La beauté peut céder à de tendres allarmes,

A ij

Mais le chagrin détruit tout espoir de plaisirs ;
Quand dans ces lieux il altere nos charmes.

ROSINE.

A I R *de la Romance de* Marmontel.

Tu suspens par ton langage,
Pour un instant ma douleur ;
Oui, quand Fatmé la partage,
Sa vive amitié m'engage
A lui dévoiler mon cœur.

A I R : *Pour héritage je n'eus de mes parens.*

Je pris naissance
Loin de ces pays-ci ;
Dès mon enfance,
Je connus le souci
Avec l'humeur d'une mere sauvage,
Qui me désola dans un âge
Fait pour le bonheur.

A I R : *Charmante Pastourelle.*

Eloigné de la ville,
Et voisin de la mer,
Notre affreux domicile
Etoit un vrai désert.
Jusqu'au quart de ma vie
Sans plaisir, sans espoir,
Ne sçus qu'étois jolie,
Rien que par mon miroir.

A I R : *L'on dit qu'à quinze ans.*

Eh ! puis à quinze ans.....

FATMÉ.

Vous soupirez encor, je pense.

ROSINE.

Et puis à quinze ans….
Quels souvenirs intéressans !

FATMÉ,

Cédez à mon instance,
Parlez-moi librement,
Entiere confidence
Porte soulagement.

ROSINE.

Et puis à quinze ans….
Un amant sçut par sa présence,
Au sein des tourmens,
M'inspirer de doux sentimens.

AIR : *Je suis Lindor.*

Tous les matins, il accouroit se rendre
Sous les balcons de mon triste manoir ;
Mais il falloit me borner à le voir,
Le bruit des flots m'empêchoit de l'entendre.

AIR *de la Romance des deux Jumeaux.*

Un jour par signe éprouvant ma tendresse,
Il me demande un peu de mes cheveux ;
Moi, dans l'instant j'en détache une tresse,
Et jusques-là nous nous croyons heureux.
Mais, dès le soir de ce jour plein d'ivresse,
Un accident nous sépara tous deux.

AIR : *Nous avions une terrasse.*

Le long de notre terrasse,
Maman, d'un tems clair,
Naviguoit sur la mer ;
Et dans son canot, par grace,

Avec elle je prenois l'air.
Tout-à-coup un grand vent s'éleve,
Loin du rivage il nous enleve,
Ne sachant à qui recourir,
Nous ne pensons plus qu'à mourir.
Ma mere réduite aux abois,
M'embrasse, en fléchissant la voix,
Hélas ! pour la premiere fois.
Mais pour surcroît, voilà qu'un brigantin
S'élance & joint notre barque légere.
Le Corsaire entre en jurant, & soudain
En moins de rien, dévalise ma mere ;
Puis, me fixant d'un œil sévere,
Il me comprend dans le butin.
En vain je le prie,
En vain maman crie,
Cet affreux tyran
Dans sa noire furie
Prétend qu'une fille,
Bien faite & gentille,
Pour lui vaut autant
Que de l'argent comptant.

AIR : *Tout roule aujourd'hui dans le monde.*

Le vaste élément qu'il traverse,
Apporte ici son bâtiment.
Cet homme savoit son commerce ;
Sur la place il vole à l'instant.
Mes habits & ceux de ma mere
Par des Juifs sont mis à l'encan.
Moi, je suis portée à l'enchere
Par maint & maint Mahométan.

AIR : *On compteroit les diamans.*

Les Juifs cherchoient à tracasser,
L'ardent Osmin fit le contraire ;

Et pour m'avoir, fans balancer
Satisfit l'avare Corfaire.

FATMÉ.

Ces Juifs, de l'objet le plus beau
N'achetent rien que la parure !
Les Turcs emportent le tableau,
Sans s'occuper de la bordure.

ROSINE.

AIR : *Ton humeur eſt, Catherine.*

Concevant un doux préfage,
D'après ce trait généreux,
De mon nouvel efclavage
Je remerciai les Dieux ;
Mais dans ces prifons bannales
Encor fus-je au défefpoir
D'y trouver vingt-neuf rivales
Dignes de n'en point avoir.

FATMÉ.

AIR : *J'aime une ingrate Beauté.*

Mahomet à fes enfans
⁓corda le privilége
⁓voir, pour flatter leurs fens,
⁓ ⁓ tendrons nombreux cortége.

ROSINE.

Mais avant d'ordonner
Cette tâche à leur flamme,
Il falloit leur donner
Un cœur pour chaque femme.

FATMÉ.

AIR : *Des Billets doux.*

Sur un pareil commandement,
Que votre vain raisonnement
   Du respect s'enveloppe.
A cette loi de Mahomet
On prétend que l'on se soumet
   Maintenant en Europe.

'AIR : *Ces lits où la mollesse.*

D'ailleurs, par cet usage
Notre sexe n'a pas
D'autres soins en partage
Que ceux de ses appas.
Nos jours, grace à ce systême
   Qu'on fronde mal-à-propos,
   S'écoulent dans le repos.

ROSINE.

Nos nuits de même.

AIR : *Avec les jeux dans le village.*

A mon exil mets donc un terme,
Amour, qui chez nous plus heureux,
Ne souffres pas que l'on t'enferme
Pour serrer de durables nœuds.
La Beauté que l'homme intéresse
Le nomme, il est vrai, son vainqueur;
Mais l'homme appelle sa maitresse
La Beauté dont il a le cœur.   *bis.*

Sans être fiere, ni cruelle,
Toute femme en France a le pas,
Et le Favori d'une Belle
Tombe à ses pieds sans être bas;

Il eſt dans une douce attente,
Heureux ſans donner le mouchoir,
Lorſque celui de ſon amante,
Grace aux deſirs, peut ſe mouvoir.   *bis.*

FATMÉ.

'Air : *V'là ce que c'eſt d'aller au bois !*

En vain vous peignez les attraits
D'un Ciel que je ne vis jamais.
Croyez-moi, vous perdez vos frais,
    Car j'ai la manie
    D'aimer ma patrie,
Ce pays, par vous ſi vanté,
Par des Turcs n'eſt pas habité.

ROSINE.

'Air : *J'avois égaré mon fuſeau.*

D'Oſmin, quant à moi, ſans façons
Je déſapprouve la méthode ;
Peut-être avez-vous vos raiſons
Pour la trouver ſi commode.
Son cœur fut déjà votre lot,
Et peut encor l'être tantôt ;
Mais, moi, voilà deux mois bientôt   *bis.*
Que je fais un rôle aſſez ſot,
Et que mon orgueil en défaut
Ne lui voit pas ſouffler le mot.   *bis.*

SCENE II.

ROSINE, FATMÉ, ALI.

ALI, *entrant par le fond.*

AIR : *L'équipage le plus en usage.*

LA parure
Aide à la nature,
Et le moindre atour
Est payé par l'Amour.
Votre maître
Va bientôt paroître ;
Pour charmer ses yeux
Faites de votre mieux.
Je ne puis au juste vous rendre
Tous les plaisirs que doit attendre
La Beauté qui saura s'y prendre :
Vous sentez, d'après mon emploi,
Tout cela mieux que moi.
Ce délice
Croît par le supplice
De chaque tendron
Qui reçoit un affront.
Oui, ma Chere,
Celle qu'on préfere
Triomphe deux fois,
Grace aux témoins du choix.

(*Il sort par le côté pour aller avertir les Femmes
de l'arrivée d'Osman.*)

SCENE III.

ROSINE, FATMÉ.

FATMÉ.

Air : *Des simples jeux de son enfance.*

Pour être plus sûre de plaire,
Je vais faire un tour au miroir.
Il seroit beau de n'en rien faire,
Afin d'augmenter votre espoir ;
Mais un pareil trait d'héroïsme
En ces lieux ne peut être admis,
Et chacun sent que l'égoïsme
Doit au Serrail être permis.

(*Elle sort.*)

SCENE IV.

ROSINE, *seule.*

Air : *Alexis depuis deux ans.*

Dieux ! notre sexe est-il né
Pour tant de bassesse ?
N'est-il de noblesse
Orné
Que pour être enchaîné ?

A quel prix faut-il que j'attende
Un mouchoir donné tour-à-tour ?
Ailleurs c'eſt l'Amour qui commande,
Et l'on commande ici l'Amour.　　*bis.*

AIR : *J'arrive à pied de province.*

Décampons.... Mais quoi ! ſi vîte ?
　　Nous verrons demain.
Riſquons avant la viſite
　　De ce fier Oſmin.
Peut-être après maint outrage
　　Il me choiſira ;
Attendons, en fille ſage,
　　Encor ce tour-là.

AIR : *Mon petit cœur à chaque inſtant ſoupire.*

(*Roſine ſe remet à ſa toilette, ajoute à ſa parure
un eſclavage.*)

Laiſſons d'abord flotter à l'aventure,
Pour captiver mon ſuperbe Ottoman,
Le réſeau d'or, d'où pend ma chevelure,
Parmi les plis de ce frais doliman.
Mettons auſſi cette chaîne en uſage ;
Dans mon pays d'ailleurs plus fortuné,
Collier brillant qu'on appelle eſclavage,
Sans doute ici le nom t'en fut donné.

SCENE V.

ROSINE, FATMÉ, FEMMES DU SERRAIL.

(Toutes les Femmes du Serrail entrent successivement par différens côtés, au mot moi d'même.)

FATMÉ.

Air : *T'es dans tes atours.*

JE suis prête enfin.

ROSINE.

Moi d'même.

UNE FEMME.

Moi d'même.

AUTRE FEMME.

Moi d'même.

FATMÉ.

J'ai mis à profit l'écrin.

UNE FEMME.

Moi d'même.

AUTRE FEMME.

Moi d'même.

FATMÉ.

Je voudrois charmer Osmin.

TOUTES LES FEMMES.

Moi d'même.

FATMÉ.

J'attends mon deſtin.

TOUTES LES FEMMES.

Moi d'même.

FATMÉ.

J'ai des preſſentimens ſecrets.

TOUTES LES FEMMES.

Moi d'même.

FATMÉ.

Je compte un peu ſur mes attraits.

TOUTES LES FEMMES.

Moi d'même.

SCENE VI.

ALI & les Précédentes.

ALI.

Osmin va venir.

TOUTES LES FEMMES.

Quel bien ſuprême !

ALI.

Il faut vous tenir

Toutes de même,
Et fongez qu'un cœur qui
Vous aime,
Veut être chéri
De même.

SCENE VII.

OSMIN & les Précédens.

CHŒUR DE FEMMES.

AIR : *Chantons les matines de Cythere.*

Non, ce n'eft qu'ici, Dieu de Cythere,
Que tu reçois de finceres vœux :
Les femmes du refte de la terre
Ne fentent pas le prix de tes feux.
Rendre en tout tems heureux notre maître,
C'eft pour nous le comble du plaifir ;
Près de nous, pour parvenir à l'être,
Il ne lui coûte pas un foupir.

Non, ce n'eft qu'ici, &c.

Ailleurs un amant met fa richeffe
Dans un cœur dont il reçoit la foi ;
D'Ofmin quelle doit être l'ivreffe !
Il en compte trente fous fa loi.

Non, ce n'eft qu'ici, &c.

OSMIN.

AIR : *Oh, Mahomet ! ton Paradis des femmes.*

Oh, Mahomet ! de ma reconnoiffance,
Pour tes bienfaits ; entends ici la voix :

Un Mufulman n'a , grace à ta prudence ,
D'autre fouci que l'embarras du choix.
Oh , Mahomet ! &c.

Tu nous défends cette liqueur traîtreffe
Que Bacchus verfe aux Peuples d'alentour;
Mais tu fis bien , ivreffe pour ivreffe ,
De préférer celle du tendre Amour.
Oh , Mahomet ! je bénirai fans ceffe
La loi qui fait mon bonheur en ce jour.

AIR : *De la Béquille.*

Un groupe auffi joli
Rend mon ame indécife ;
Toi , mon fidèle Ali ,
Réponds avec franchife :
Quelle Beauté divine
Doit l'emporter ?

A L I.

Hélas !
Votre Grandeur badine ,
Je ne m'y connois pas.

OSMIN , *fixant Rofine avec attention.*

AIR : *Babet , que t'es gentille !*
Cher ami , quelle eft donc
Cette Nymphe parfaite ?

A L I.

C'eft ce jeune Tendron
Votre dernière emplette.

O S M I N.

Quel air fémillant !
Quel regard friand ?
De feu comme il pétille !

A L I.

A L I.

Approchez-vous, la belle Enfant,
De vous mon Maître eſt fort content.

R O S I N E.

Il eſt pour moi trop complaiſant.

O S M I N.

Ali, qu'elle eſt gentille !　　　　*bis.*

Aɪʀ : *Accompagné de pluſieurs autres.*

Elle eſt d'Europe aſſurément ;
De tous ces Peuples-là vraiment,
Les plaiſirs valent bien les nôtres.
Ils ſont heureux, je le conçois,
Enchaînés par un ſeul minois :

A L I, *ironiquement.*

Accompagné de pluſieurs autres.

O S M I N *tire de ſa ceinture le mouchoir, & le donne à Roſine.*

Aɪʀ : *Viens dans mes bras, mon aimable Créole.*

Oui, c'en eſt fait, pour jamais je m'engage ;
J'en juge trop au trouble de mes ſens.
　　　　Prends, prends,
　　　Oui, c'eſt le gage
Du plus parfait de tous les ſentimens.

(*Aux femmes du Serrail.*)

Et vous, parez l'objet de ma tendreſſe
Du ſigne heureux de ſes nouveaux ſuccès.

(*Il montre un Croiſſant de diamans, qu'Ali tient à la main.*)

T O U T E S   L E S   F E M M E S.

　　　　Mais, mais,
　　Seigneur, l'adreſſe
Ne pourra pas augmenter ſes attraits.　　　*bis.*

B

SCENE VIII.

ROSINE, FATMÉ, ALI, FEMMES DU SERRAIL.

ALI remet à Fatmé le Croissant.

AIR : *Tenez, morgué, je vous demande.*

JE reviens vous prendre, ma Chere ;
(*Aux autres Femmes.*)
Et vous, dans la forme ordinaire,
Comme c'est la premiere fois
Que sur elle tombe le choix,
Vous devez tour-à-tour, je crois,
Par politesse au moins lui faire
Chacune un petit compliment
  Sincérement. (*Il sort.*)

SCENE IX.

Les Précédentes.

PLUSIEURS FEMMES.

AIR : *Chez nous autres, bons Villageois.*

ENFIN, à votre beauté
Osmin vient de rendre justice.

D'AUTRES.

Long-tems s'il a résisté,
C'étoit par l'effet d'un caprice.

D'AUTRES.

Oui, de votre félicité
Tout le Serrail est enchanté.

ROSINE.

Oh ! pour le coup, en vérité,
Vous avez bien de la bonté.

FATMÉ.

AIR : *Chacun a son tour.*

N'attendez pas que je vous fasse,
Chere Rosine, un long discours,
Qui plein de grands mots à la glace,
Sous deux heures n'auroit plus cours.

(*Elle place le Croissant sur la tête de Rosine.*)

De ce Croissant, pour plaire à notre Maître,
J'augmente, il est vrai, votre atour ;
Mais j'aurai mon tour,
Demain, peut-être,
Oui, j'aurai mon tour.

SCENE X.

ALI, les Précédentes.

ALI.

AIR : *Tout au beau milieu des Ardennes.*

Par combien de sollicitude
Nos plus beaux jours ne sont-ils pas flétris ?
A la plus vive inquiétude
Je viens ici pour livrer vos esprits.

ROSINE.

Quelle frayeur
S'empare de mon cœur !

FATMÉ.

Quel est donc ce malheur :
Parlez, ou nous allons mourir de peur.

ALI.

AIR : *Des Folies d'Espagne.*

Osmin rentroit pénétré de vos charmes,
Le cœur sensible & le front réjoui,
Quand tout-à-coup, jugez de mes alarmes,
Entre mes bras il tombe évanoui.

AIR : *Je te prépare un charmant esclavage.*

Son Médecin qu'aussi-tôt on amene,
De l'accident demande un long détail,
Et lui défend, au moins pour la semaine,
De mettre, hélas ! le pied dans le Serrail.

CHŒUR DE FEMMES, *ironiquement.*

AIR : *Rien n'est plus galant que cela.*

Nous vous plaindrions volontiers,
Mais nous savons qu'une Françoise
A dans des cas si singuliers
Un fond de gaîté qui l'appaise.
Perdez le souvenir borné
D'un espoir trop momentané :
Le hasard vous l'avoit donné,
  Le hasard vous l'ôte.   *bis.*

SCENE XI.

ROSINE, FATMÉ, ALI.

ALI, *à part.*

COMBIEN je payerois sur ma foi,
Pour réparer sa faute,
Moi.   (*Ali sort.*)

SCENE XII.

ROSINE, FATMÉ.

ROSINE.

'AIR : *Ce mouchoir, belle Raimonde.*

CE mouchoir qu'enfin mes charmes
Venoient de me mériter,
Après mille & mille allarmes,
Ne va-t-il donc me rester,
Que pour essuyer les larmes
Que l'orgueil va me coûter?

FATMÉ.

AIR *du Vaudeville des Femmes vengées.*

Rien n'est plus dur que ces épreuves;
Car le Destin dans sa fureur,
D'un seul coup feroit trente veuves,
S'il alloit arriver malheur :
Et de nous tenir compagnie
Ce seroit le cas, sans doute, mais,
Pour vous & pour moi, chere Amie,
Je cours m'informer de plus près.

SCENE XIII.

ROSINE, *seule.*

AIR : *Rage inutile.*

Quoi ! d'une attente,
Toujours trop lente,
Je charmerois
L'ennui de mes regrets :
Que ne suis-je dans la maison,
D'où je parlois, quoiqu'en prison,
Des yeux seulement,
A mon Amant.

AIR : *Un matin brusquement*, de Piccini.

Oui, ce soir, brusquement,
Dans une frêle nacelle,
Pour tromper mon tourment,
Je brave un perfide élément.
Si je fus près d'être infidelle,
Je dois m'en punir à mon tour :
Je fuirai de ce séjour,
En dépit de tout Sentinelle,
Je fuirai de ce séjour,
Rien qu'à la garde de l'Amour.　　*bis.*

Fin du premier Acte.

ACTE II.

La Scene se passe dans une Isle. Le Théâtre représente une campagne ombragée de palmiers, & bornée dans le fond par une chaîne de rochers. On apperçoit la mer par une trouée. Sur le devant du Théâtre est un banc de gazon.

SCENE PREMIERE.

INSULAIRES *de tout âge* , *parmi lesquels se trouve* **DOLBAN.**

(*Les vieux Insulaires tiennent des gourdes & des tasses de coco. Les jeunes sont armés les uns d'arcs, & les autres de fusils & équipages de Chasseurs.*)

VIEUX INSULAIRES.

Air : *Une jeune fillette.*

PAR l'excès du courage,
Surmontons nos malheurs :
Oublions le naufrage
Qui causa nos douleurs,
Nos pleurs,
Du fort rendons nos cœurs
Vainqueurs.
Dans cette Isle sauvage,

Nous nous défolerions en vain ;
Car pour calmer un trop jufte chagrin ,
Nous avons du foir au matin
La reffource du vin.

JEUNES INSULAIRES, *aux vieux.*

AIR : *Sans ceffe il faut que l'on guette.*

O vous , qui commencez d'être
Tant foit peu fur le retour ,
Il vous eft aifé peut-être
De renoncer à l'amour ;
Mais notre âge nous condamne ,
Pour dompter nos fens émus ,
Aux fatigues de Diane ,
Plus qu'aux loifirs de Bacchus.

VIEUX INSULAIRES.

AIR : *Une jeune fillette.*

Vénus frondant la trame
De nos malheureux jours ,
De fa célefte flamme
Nous ravit pour toujours
Le cours :
Et pour nous les Amours
Sont fourds :
Nous n'avons point de femme ;
Mais le Deftin nous vexe
En vain ;
Car au défaut de ce fexe
Divin ,
Nous avons du foir au matin ,
La reffource du vin.

JEUNES INSULAIRES.

AIR : *Sans ceffe il faut que l'on guette.*

Qu'un regret déraifonnable ,
Ne trouble point nos plaifirs ;

Et fi le Sort implacable
Sufpend nos tendres defirs,
Loin de lui chercher chicane,
Vuidons en joyeux reclus,
Et le carquois de Diane,
Et la coupe de Bacchus.

(*Les jeunes boivent avec les vieux.*)

DOLBAN.

Air : *O ma tendre Mufette !*

Pour moi qui défefpere
De retrouver jamais
Rofine, qu'un Corfaire
Ravit à mes fouhaits,
Amis, fouffrez que j'erre,
Sans boire ni chaffer ;
Ma peine m'eft trop chere
Pour vouloir l'effacer.

(*Il part d'un côté oppofé aux autres, & s'enfonce
derriere les rochers.*)

JEUNES INSULAIRES.

Air : *Fanfare de Saint-Cloud.*

Nous, partons, le tems s'envole ;
Pour vous, trop foibles Chaffeurs,
Daignez remplir le feul rôle
Que vous rempliriez ailleurs :
Faites-nous partir au gîte
Le gibier de ces cantons ;
Et nous, qui courons plus vîte,
Zefte, nous l'attrapperons.

(*Ils fortent tous, à l'exception de Valere qui retient
Lucile un peu malgré elle.*)

SCENE II.

LUCILE en homme, VALERE.

LUCILE.

Air *du Vaudeville des Femmes & le Secret.*

Est-il prudent,
Mon cher Amant,
De rester toujours ensemble ?
Hélas ! je tremble
En ce moment;
Car pour tous les deux quel tourment,
Si quelqu'un surprend
Mon déguisement.

VALERE.

Pendant six mois que sur les flots
A duré notre voyage,
Indifférent sur nos propos,
L'équipage
N'a point deviné nos maux.

LUCILE.

Soit : mais courons
Aux environs;
Bien que la chasse
Me lasse,
Sans nous quitter, par vaux, par monts,
Pour bannir les moindres soupçons,
Crois-moi, rejoignons
Tous tes compagnons.

VALERE.

Aimable Lucile, avec eux
Pourquoi prendrois-je les armes ?

Tandis que je peux,
Dans ces lieux,
Les rendre à tant de charmes,
Ce qui vaut bien mieux.

ENSEMBLE.

Seuls dans l'endroit,
Nous avons droit,
Dieu d'amour, au doux myſtere :
Ah ! perſévere
En tes bienfaits,
Et d'un voile encor plus épais,
Dérobe à jamais
Nos tendres ſecrets.

SCENE III.

Les Précédens, INSULAIRES de tout âge.

(Les Inſulaires reparoiſſent épars dans le fond du Théâtre & ſur les rochers, & fixant la mer, font des démonſtrations de joie de voir arriver une nacelle.)

CHŒUR D'INSULAIRES.

AIR *de la Chaſſe*, de la Garde.

FAISONS volte-face,
Suſpendons la chaſſe ;
D'objets plus doux,
Amis, occupons-nous :

Suspendons la chasse,
Si beau tems qu'il fasse,
Diane a tort,
Quand Vénus vient à bord.

(*A Valere & Lucile.*)

Parlez donc, vous autres,
Quels soins sont les vôtres !
Soyez donc des nôtres
Dans cet instant-ci.

VALERE & LUCILE, *ensemble.*

Quelle est cette alerte ?

LE CHŒUR.

Notre découverte,
A coup sûr ici,
Va vous charmer aussi.

(*A Valere.*)

Approche ; examine,
De cette colline,
Sur son canot,
Ce joli Matelot.

VALERE.

Mais, c'est une femme,
Qui force de rame !
De ce côté
Son regard est porté.

LE CHŒUR.

Air *du Menuet*, de la Garde.

Là-bas, là-bas, là-bas,
Elle est encore, hélas !
Mais le courage
Ne lui manque pas :

Volons fur le rivage,
Accueillir fes appas :
Notre veuvage
Doit hâter nos pas.

UN VIEUX INSULAIRE, *feul.*

Si notre Amant tranfi,
Qui pleure fa Rofine,
Découvroit cette mine,
Il oublîroit tout fon fouci.

LE CHŒUR.

Là-bas, là-bas, là-bas, &c.

(*Ils fortent tous en foule pour aller fur le rivage
à la rencontre de l'Etrangere.*)

SCENE IV.

LUCILE, VALERE.

(*Valere veut les fuivre, & Lucile le retient.*)

LUCILE.

Air : *Un baifer, l'on m'attend.*

Un moment,
Doucement :
Où vas-tu, cher Amant ?

VALERE.

Je reviens promptement.

LUCILE.

Oh ! que nenni, vraiment.
La Belle,
Vers qui l'on t'appelle,

Pourroit bien l'emporter fur moi,
Et n'avoir des yeux que pour toi ;
Quand chacun n'en a que pour elle.

VALERE.

Un moment,
Doucement,
Point de foupçon méchant.

Air : *L'Amant frivole & volage.*

Sans être un Amant volage,
On peut être curieux ;
Loin qu'une femme m'engage
A jamais trahir mes feux,
Près de toi, belle Lucile,
Demeurant fans nul effort,
Je voudrois qu'il en vînt mille,
Pour te préférer encor.

SCENE V.

VALERE, LUCILE, INSULAIRES, ROSINE.

Rofine arrive par le fond, au milieu d'un grouppe d'infulaires qui la conduifent fur la Scene.)

ROSINE, *d'un air craintif.*

Air : *Il vous dit qu'il vous aime.*

Dans cette Ifle étrangere,
Je débarque en tremblant.

INSULAIRES.

Si vous pouviez vous faire
A notre continent !

ROSINE.

Comme ils femblent fauvages !

INSULAIRES.

Oh ! quel morceau friand !

ROSINE, *plus effrayée.*

Ils font antropophages.

UN VIEUX INSULAIRE.

Non, mon aimable Enfant.

A I R : *Que ne fuis-je la fougere ?*

Ceux qui vous rendent hommage,
Comme vous font étrangers ;
D'un vaiffeau qui fit naufrage,
Nous étions tous paffagers :
Mais, malgré leur barbarie,
Nous allons dans ces climats,
Retrouver notre patrie,
Si vous y fixez vos pas.

JEUNES INSULAIRES, *très-gaiement.*

A I R : *Dans nos défertes campagnes.*

Dans nos défertes campagnes,
Au fond de ces triftes vallons,
Vous n'aurez point de compagnes,
Mais bien de bons compagnons,
Qui de leur dame & maitreffe,
Vous accordant l'attribut,
Tour à tour de leur tendreffe,
Vous offriront le tribut.

UN VIEUX INSULAIRE.

AIR : *C'est un enfant.*

Sans vous, quel sort étoit le nôtre ?
Nous nous voyons dans l'avenir,
Expirer tous l'un après l'autre,
En ne laissant nul souvenir ;
    Et de perte en perte
    L'Isle étoit déserte.

ROSINE.

Au fait. De moi qu'est-ce qu'on attend ?

LE VIEUX INSULAIRE.

C'est un serment.....

AIR : *Point de sang répandu.*

De changer ce séjour
En isle de Cythère,
Et d'y tenir d'Amour,
Sous les traits de sa mère,
    La Cour,
La nuit & le jour.

VIEUX INSULAIRES.

AIR : *Par fois, sur le verd gazon.*

Il faut, si nous tenons bon,
Qu'on tire au sort ce jeune Tendron.

JEUNES INSULAIRES.

Non, non :
Il nous faut, tous à la fois,
    Etablir nos droits :
    De l'heureux vainqueur,
    Le prix trop flatteur
    Sera son cœur.

ROSINE.

ROSINE.

Meſſieurs, tout doucement :
Va pour un ſeul amant ;
Mais je veux le choiſir,
Sauf votre bon plaiſir.

VIEUX INSULAIRES.

AIR : *Tous les hommes ſont bons.*

Tous les hommes ſont bons,
Mais ſur-tout les barbons ;
Croyez-en nos raiſons :
Nous laiſſons la beauté,
Petite qualité,
Pour eux autres :
Mais prudence & loyauté,
Sageſſe & fidélité,
Sont les nôtres.

JEUNES INSULAIRES.

AIR : *Vive le vin, vive l'Amour.*

Sous les drapeaux du tendre Amour,
Jeunes & vieux dans ce ſéjour,
Entrent par un goût uniforme ;
Mais à ſes yeux, ſuivant la forme,
Quand il nous faut défiler tous,
Le ſervice eſt toujours pour nous,
Et quant aux vieux, on les réforme.

ROSINE, *à part.*

AIR : *Un charme affreux ici m'arrête.*

Enfin, puiſqu'en cette demeure,
De prendre un mari tout-à-l'heure
La force me fait un devoir,

C

Prenons-le au moins fur le modele
De celui que je dus avoir;
    (*Avec l'air de la douleur.*)
Et foyons enfuite infidelle
    Sans le vouloir.

CHŒUR D'INSULAIRES de tout âge.

A I R : *Moi, j'courons à la Ville.*

Nous allons en revue
Paffer à votre vue
Pour nous diftinguer tous :
Belle, ici placez-vous.

R O S I N E, *à part & avant de s'affeoir.*

A I R : *Je fuis Carmelite, moi.*

Oh! pour le coup, mon aventure unique
    Ne peut fe concevoir;
Ces jours paffés, d'un maître flegmatique
    J'attendois le mouchoir;
      Et fans effroi,
    Dans ces lieux où j'ordonne,
      Seule je le donne
        Moi,
    Seule je le donne.

(*Rofine s'affied fur un banc de gazon pendant que les jeunes & les vieux Infulaires défilent en chantant en duo les deux airs ci-deffus :*

Tous les hommes font bons, &, Sous les drapeaux
               du tendre Amour.

Après le défilé, ils fe rangent tous autour de Rofine, les vieux d'un côté, les jeunes de l'autre. Lucile cherche à fe cacher parmi les vieux pour éviter les regards de Rofine.)

CHŒUR DE JEUNES INSULAIRES.

*(Au commencement de ce couplet, Rosine, qui a dé-
daigné les vieux, promène ses regards sur les
jeunes pour choisir.)*

AIR : *Rien, Pere Cyprien.*

Rien,
Dans leurs bataillons ne vous convient ;
Et ces pauvres vieux
Sont furieux,
De voir le dédain,
Par trop certain,
Dont vous payez leur amoureux dessein :
Mais,
Pour nous, dont Hébé marque les traits,
Nous pouvons prétendre à vos attraits ;
Et c'est parmi nous,
Qu'un jeune époux,
Digne de vous,
Peut répondre à vos goûts.

R O S I N E.

AIR : *Colette un jour dit à Colin.*

Vous voyez tous mon embarras,
Excusez donc si je balance ;
Car du bonheur, en pareil cas,
Qui me donnera l'assurance ?

CHŒUR D'INSULAIRES de tout âge.

C'est moi, c'est moi, moi, moi.

R O S I N E.

Tout doux.
Messieurs, de grace, observez le silence ;
Abandonnez ce ton de suffisance,

C ij

Et laiſſez mon cœur entre vous,
Déterminer enfin la chance.   *bis.*

*(Roſine qui n'a rien vu parmi les jeunes qui lui
plaiſe, remarque l'embarras de Lucile qui cherche à
ſe dérober à ſa vue.)*

Il eſt très-bien
Dans ſon maintien,
Et ſa modeſtie eſt complette :
Il a d'ailleúrs
Des traits vainqueurs,
De l'Amant qu'en vain je regrette :
Sois mon époux.

L U C I L E.

Qui ? moi, moi !

R O S I N E.

Vous.
Puiſſe le nœud qu'aujourd'hui je projette,
Vous procurer une gaîté parfaite.

L U C I L E, *avec une gaieté forcée.*

J'ai tant de plaiſir entre nous,
Que ma bouche en reſte muette.   *bis.*

CHŒUR D'INSULAIRES de tout âge.

A I R : *Au bruit du tambour.*

Faiſons un effort   *bis.*
Pour calmer le premier tranſport
Que nos cœurs jaloux éprouvent d'abord :
Partons, puiſqu'Amour nous chaſſe,
Et ſoudain, reprenons de la chaſſe,
Au fond des bois, le joyeux reconfort.

Chers amis, au doux ſon du cor
　　Donnons-nous encor
　　Un nouvel eſſor ;
Car nous aurions tort
　　De troubler l'accord
　　Qui fixe leur ſort.

Faiſons un effort, &c.

(*Les Inſulaires ſortent tous pour laiſſer ſeules Lucile & Roſine. Valere, qui eſt ſorti avec eux, s'arrête dans le fond. On reprend le Chœur en s'en allant.*)

SCENE VI.

ROSINE, LUCILE, & VALERE *dans le fond*,

ROSINE.

AIR : *Un de ces jours, dans le vallon.*

VOTRE air me donne des ſoupçons ;
　　Quoi ! vous faites la mine :
Craignez-vous de vos compagnons
　　La fureur clandeſtine ?

LUCILE, *avec embarras.*

　　Ah ! ah !
　Ce n'eſt pas cela ,　　　　　*bis.*
Cela qui me chagrine.

ROSINE.

Ah ! maintenant je ſuis au fait ;
Oui, Monſieur, je vous devine :
Vous gémiſſez d'être l'objet
　　Du penchant de Roſine.

LUCILE.

Ah ! ah !
Ce n'eſt pas cela,   *bis.*
Cela qui me chagrine.

Aɪʀ : *Malb'rough s'en va t'en guerre.*

Parmi la ſoixantaine,
Que mon cœur, mon cœur a de peine !
Hélas ! qu'il vous ſouvienne
Comme je me cachois.

ROSINE.

Et moi, je vous cherchois,
Vous à qui je déplais,
Et qui payez de haine...
(*En Chœur avec Lucile & Valere dans le fond.*)
Que mon cœur, mon cœur a de peine !
(*ſeule.*)
Le choix qu'à votre Reine,
Ont inſpiré vos traits.

LUCILE.

Lorgnez-les donc de près ;
Et s'ils ſont trop diſcrets,
Que ma voix vous apprenne,
Que mon cœur, mon cœur a de peine !
Que ma voix vous apprenne
Quels ſont tous mes regrets.

ROSINE.

Quels ſont donc ces regrets ?   *bis.*

LUCILE.

Faut-il que j'en convienne !
Que mon cœur, mon cœur a de peine !

Votre choix ne vous mene,
Qu'à vous remettre en frais.

ROSINE, *avec humeur.*

Qu'à me remettre en frais !

LUCILE, *en se retournant vers Valere.*

Et toi, si tu m'aidois !

SCENE VII.

ROSINE, LUCILE, VALERE, *sur le devant.*

VALERE & LUCILE, *aux genoux de Rosine.*

Vous voyez à la gêne,
Que nos cœurs, nos cœurs ont de peine !
Deux Amans dont la chaîne
Tient aux plus grands secrets.

ROSINE, *avec dépit.*

AIR : *Ah ! grands Dieux , que je l'échappai belle !*

Ah ! grands Dieux !
Qu'à vos yeux
Je suis sotte !
Et comme, à grand tort,
Sans répit, le sort
Me balotte !
En lorgnant
Récemment
Cette côte,
J'avois cru, d'honneur,
Toucher au comble du bonheur;
Mais las ! quand

Maint Amant
Me harcelle,
Mon cœur mal-à-droit,
Choifit tout droit,
La feule belle
Que l'Amour,
Dans ce féjour,
Recele ;
J'en ai du fouci :
Car depuis long-tems c'eft ainfi,
Qu'un démon
Soit dans mon
Domicile,
Soit pendant mon bail
Dans le Serrail,
Soit dans cette Ifle,
Du plaifir
A faifir
Difficile,
M'approche la fleur,
Et la retire avec rigueur.

AIR : *Ah ! fi j'avois connu M. de Catinat.*

Allez, raffemblez l'Ifle une feconde fois,
Que je puiffe à l'inftant réparer un tel choix ;
Me voilà décidée à ce dernier parti ;
Je veux que mon étoile en ait le démenti.

LUCILE & VALERE, *aux genoux de Rofine.*

AIR : *Quel défefpoir !*

Prenez pitié
De deux Amans dont la mifere
Croît de moitié,
Si leur fecret eft publié.

ROSINE.

Je ne faurois qu'y faire.

VALERE & LUCILE.

Vous n'avez donc jamais aimé?

ROSINE, *à part.*

Oh! souvenance amere
Pour un cœur jadis enflammé!
  Je prens pitié *haut.*
D'une douleur aussi sincere;
  Mais par pitié,
Que peut y faire l'amitié?

VALERE & LUCILE.

AIR *du Vaudeville de la Rosiere.*

Dans votre esquif, si vous restez,
Laissez-nous fuir de ce rivage;
Nous n'exigeons de vos bontés,
Qu'un quart-d'heure, & pas davantage.

ROSINE.

Soit, mes enfans, pour votre bien,
  Je veux bien
  Différer le mien.

LUCILE.

AIR: *En jupon court.*

Malgré notre reconnoissance,
Nous gémissons de vos projets.

ROSINE.

L'avenir qui m'attend, je pense,
Est au-dessus de vos regrets.

VALERE.

AɪR : *Rli , Rlan , tambour battant.*

Vos droits font beaux, je vous l'accorde ;
Mais le flambeau du tendre Amour,
Devant celui de la difcorde,
Pourra bien s'éclipfer un jour,
Ivres d'un feu trop téméraire,
Nos habitans prétendront tous,
Quelque choix que vous puiffiez faire,
Regner tour-à-tour avec vous.

AɪR : *Des Trembleurs.*

Et s'il faut les reconnoître
L'un après l'autre pour maître,
A s'entregorger peut-être ,
Sous vos yeux en viendra-t-on ;
Et dans cet enfer terreftre ,
Pour votre premier femeftre,
Vous mettra-t-on en fequeftre,
Chez le plus vieux du canton ?

(*Pendant ces deux couplets , Rofine a l'air inquiet.*)

ROSINE.

AɪR : *On ne peut aimer qu'une fois.*

Vous m'allarmez par vos difcours :
  Mes amis, plus j'y penfe,
Plus j'appréhende que mes jours.....

VALERE.

Parbleu, venez en France.

ROSINE, *à part.*

La France a des charmes puiffans ;
  Mais je fuis prefque fûre,

En n'y trouvant plus de parens,
D'y trouver un parjure.

VALERE & LUCILE.

AIR : *Tendre fruit des pleurs de l'Aurore.*

Ne balancez plus,
Si vous m'en croyez, à nous suivre ;
Ne balancez plus,
Les délais feroient superflus.

ROSINE, *après un instant de réflexion.*

Vous en serez crus,
Mon cœur à vos conseils se livre,
Vous en serez crus,
A quitter l'Isle je conclus :
Ne balançons plus,
Oui, mes amis, je veux vous suivre.

Tous trois ensemble.

Ne balançons plus,
Les délais feroient superflus.

VALERE.

AIR : *V'là c'qu'c'est qu'd'aller au bois.*

Cela s'appelle bien parler,
Ne songeons plus qu'à détaler ;
Oh ! si nous pouvons arriver,
Toute ma fortune
Nous sera commune ;
L'Amour va sous les mêmes toîts,
Nous unir deux, l'amitié trois.

(*Valere, Lucile & Rosine entrent précipitamment
dans la nacelle.*)

SCENE VIII.

DOLBAN & les Précédentes , *au fond.*

DOLBAN *reparoît dans le fond des rochers.*

AIR : *Jardinier, ne vois-tu pas ?*

H́ÉLAS ! c'eſt aſſez marcher…
L'aſtre du jour décline…
Oui , gravons ſur ce rocher,
Un nom qui doit m'attacher…
Roſine !

ROSINE, *dans la nacelle & ſans voir Dolban.*

Roſine ! Roſine !

DOLBAN.

Même air.

Echo qui redis le nom
De cet objet ſuprême,
Prolonge l'illuſion,
Fais-moi croire qu'il répond,
Je t'aime !

ROSINE, *toujours ſans voir Dolban.*

Je t'aime ! je t'aime !

DOLBAN, *paſſant ſa tête ſur le haut du rocher.*

Quels preſſentimens !

ROSINE, *levant la tête.*

Je croi.

DOLBAN.

Rosine !

ROSINE.

Qui m'appelle ?
Dieux ! c'est lui que je revoi.

VALERE, *à Dolban.*

Monsieur, ma Maitresse à moi,
C'est elle, c'est elle, c'est elle.
(*Il montre Lucile*).

DOLBAN, *se précipitant du haut du rocher
dans la nacelle.*

AIR : *Et vogue la galere.*

Amour ! jusqu'à ma Belle
Fais-moi, fais-moi voler ;
Pour preuve de mon zèle . . . .

(*Il veut embrasser Rosine & Lucile.*)

VALERE, *lui donnant un aviron.*

De rame il faut doubler.
Et vogue la nacelle,
Tant qu'elle   *bis.*
Pourra voguer.

Tous trois ensemble.

Ce départ infidele
Va bien les intriguer ;
Mais la nuit, de son aîle,
Nous aide à les narguer.
Et vogue la nacelle,
Tant qu'elle   *bis.*
Pourra voguer.

SCENE IX, ET DERNIERE.

TOUS LES INSULAIRES, *arrivant succeſſivement & deux à deux de différens côtés, forment différens groupes, tant ſur les rochers que ſur la Scene, en marquant leur déſeſpoir.*

CHŒUR.

Air: *Foréts paiſibles*, de Rameau.

Vers cette Belle,
Qui m'enſorcelle,
Amis, je ne ſais quoi ramène ici mes pas :

(*Ils apperçoivent Roſine dans le lointain.*)

Mais Dieux ! c'eſt elle
Dans ſa nacelle,
Avec trois ſcélérats ;
Elle fuit ces climats :
Excès de rage !
Sur cette plage,
Sans femme, nuit & jour, nous languiſſions, hélas !
Ciel ! Ciel ! fais qu'à l'orage
Ces raviſſeurs n'échappent pas ;
Mais pour la Belle,
Pour la Cruelle,
Il faut, pour la punir de ſon départ ſubit,
Que tu l'exiles
Au fond des Iſles
Qu'aux hommes pour jamais l'Amazone interdit.

ROSINE, VALERE, LUCILE & DOLBAN,
de deſſus la nacelle.

AIR : *Eh! gai, gai, mon Officier.*

Eh! gai, gai, gai, conſolez-vous
D'une peine
Trop vaine :
Eh! gai, gai, conſolez-vous,
Tous vos regrets ſont fous.

De ces cris de vengeance
Interrompez le cours ;
Nous vous allons de France
Envoyer du ſecours.

LE CHŒUR.

Eh! gai, gai, conſolons-nous, &c.

UN JEUNE, *à tous les autres.*

Puiſqu'ils laiſſent la rive,
Regagnons ce bord-là,

(*En montrant les loges.*)

Cette autre perſpective
Nous dédommagera.

LE CHŒUR.

Eh! gai, gai, conſolons-nous, &c.

UN JEUNE, *déſignant le parterre.*

Je vois une Iſle d'hommes,
Où l'on eſt tout auſſi
Content que nous le ſommes ;
Que Vénus vienne ici.

LE CHŒUR.

Eh! gai, gai, conſolons-nous, &c.

UN JEUNE.

Si Roſine en voyage,
Des loix d'unité ſort,
Meſſieurs, votre ſuffrage
Lui ſert de paſſe-port.

LE CHŒUR.

Eh ! gai, gai, conſolons-nous, &c.

FIN.

APPROBATION.

J'AI lu par ordre de Monſieur le Lieutenant Général de Police, *Les Voyages de Roſine, Opéra-Comique en deux Actes en Vaudevilles*; & je n'y ai rien trouvé qui m'ait paru devoir en empêcher la Repréſentation ni l'Impreſſion. A Paris, le 7 Mars 1783.

Signé, SUARD.

Vu l'Approbation ; permis de repréſenter & imprimer. A Paris, ce 10 Mars 1783.

Signé, LE NOIR.

De l'Imprimerie de CHARDON, rue de la Harpe, près celle de la Parcheminerie. 1783.

www.ingramcontent.com/pod-product-compliance
Ingram Content Group UK Ltd.
Pitfield, Milton Keynes, MK11 3LW, UK
UKHW021713130726
13696UKWH00004B/1799

9 782019 193232